おぎにり

駒村吉重《こまむらきちえ》

未知谷
Publisher Michitani

おぎにり　目次

おぎにり

ことばはどこだ

にげるなことば
まってくれ
つかまえろ
手をのばせ
おっかけろ
おいてかれるな

ことばはにげる
どんどこはしる
ことばはきえる
けむりにかわる

森にひそんで
川にもぐる
おっかけても
おいつかない
さがしても
みつからない

ことばは人がすき
ことばがすきな人がすき
森からとびだし
川からはいだし
よってくる
空からふってくる
うしろをついてくる
じっとまっていると
だまってあしもとにいる

智慧《ちえ》のかたち

たかいスギのこずえで
夜どおしかんがえていたフクロウが
智慧《ちえ》をみつけた
たまみたいだった
こんなかたちをしてたんだ
こんなふうにかがやいてたんだ
こんなあたたかさだったんだ
ころがるもんだったんだ
しらなかった
フクロウはとびあがっておどろいた

だれがしっていただろうか
このかたちを
このやわらかさを
このまばゆさを

フクロウウはかんがえる
智慧がどこからきたのかを
智慧がどこにゆくのかを
どうしてこんなにすてきなのかを
フクロウはかんがえる　かんがえる

さまようまち

そらの底がぬけたのは
いつだったか
まぶしすぎるひかりが
ときをきざむ針をとめたんだって
煮《に》えたぎったくうきが
ひとを石に化えたんだって
たけりくるった風が
まちを過去にとじこめたんだって
はるかむかしのことだったか
きのうのことだったか
だれにもわからない

智慧は粉々《こなごな》にふきとんで
記憶《きおく》は灰《はい》になってしまったから
くろこげになった十字架《じゅうじか》と
汚染《おせん》されたことばが
ごみのやまになってしまったから
まちは水のない砂漠《さばく》を
さまよいつづける
いつかのよく晴れたそらを
ずっとさがしてる
底がぬけたそらはそのまんま
だれにもなおせなかったのさ
百年たっても千年たっても
それはそらにもどれないでいる

まいごのつむじ風

だれもとおらないあの辻で
つむじかぜをひろった
まいごのつむじかぜは
わすれられた辻で
くるくるまわってた
どこからきたのか
どっちにまがるのか
まっすぐゆくのか
わからなくなったんだ
ほんとうはあの辻をぬけて
やまをこえて

しらないまちにゆきたかったのさ
わすれられた辻にはいりこめるのは
わすれられたものたちだけ
ゆきばがなくって
ゆきさきがわからないものたちだけ
わすれられた辻には
わすれられたものたちがふきだまる
つむじかぜをひろったぼくは
ほんとうは――
つむじかぜにひろわれたんだ
かえるいえはない　ゆくあてはない
けれども　ずっとそこにいてはいけない
くるくるくるくるまわっているうち
つむじかぜになってしまう
あしをとめるな
つむじかぜがそっとみみうちする

うそはいけません

うそつくな！
おとなはいう
わかってらぁ
わかってるけど
ほんとうのこと　いえないだろ
うそつく身にもなってみろよ

「もう絶対《ぜったい》にうそはつきません」
そんなことおれにいわせたって
なんの意味もないさ
「ジゴクへ落ちるからね」

そういうおどしも感心《かんしん》しないね
おれだったら――
子どもに野暮《やぼ》はいわないよ
「こまらないていどにしときな」
　って教えてやるだろう
それがおとなだろう

ずっと不思議《ふしぎ》だったのだけど
おとなよ
きみたちはいちども
うそをついたことはないのか
どんなときも
うそをつかない正直者《しょうじきもの》ばかりなのか
めだまをきょろきょろさせてはいけません
いつまでもだまっていないで
おおきな声でこたえてください

おおきな木

おおきな木がありました。
地ふかくに根をはり
くもにとどきそうな
せのたかい木です。
ふといみきに
ねんりんをきざんだ木です。
西にもひがしにも
垣根《かきね》のむこうにまでも
えだをひろげる
ふところのひろやかな木です。
かぜにゆれながら

ささやくようにほほえむ
ひとなつっこい木です。
だれがなにをはなしても
さいごまできいてくれる
ききじょうずの木です。
ムシやトリけものたちに
たべものをわけあたえる
気もちのおだやかな木です。
あたたかくなるころに
はじけるように芽《め》ぶき
セミのこえをきくころ
たわわにしげり
おひさまの光がやわらかくなるころ
赤や黄にそまり
木枯《こが》らしがやってくるころ
さっぱりとふるい衣《ころも》を脱《ぬ》ぎすてる

しゃれ心をもった木です。
ひかげとあまやどりの屋根《やね》を
だれにもかしてくれる
気まえのいい木です。

ひとはおおきな木によりかかります。
おおきな木をみあげます。
おおきな木にさわってみます。
おおきな木に手をあわせます。
おおきな木のなかに
ちいさな神さまをみているから。

もこちゃん

どいたどいた
とおしてくださいな
もっこもこ
よくごらんよ
毛糸くずじゃない
まっくろだけど
すすけたわけでもない
てらてらしてるだろう
おひさまみたいに

あっちからこっちへ

アスファルトを大横断《だいおうだん》
なんのために
どこにいくのかは
じぶんにもわからない
どうしようかなんて
かんがえもしない
どこにいたって
まよったりはしない
からだが知っているんだ
おれのことは
おれにまかせてるんだ

さきをいそぎます
陽《ひ》がたかくなるまえに
もっこもこ
けむしのもこちゃん

夏が落ちる

アスファルトにふるミンミン
大音声《だいおんじょう》のしげみから
セミが落ちてきた
鳴きつかれたんだって
でも――
樹も空もあおいまま
さっきとおなじ
なにもかわらない
ミンミンミンはつづいてる
またまたセミが落ちてきた

力がのこっていないって
でも——
陽はまぶしいまま
あしたもおなじ
なにもかわらないだろ
ミンミンミンには果《は》てがない

ミンミンミンがやんだき
すべてのセミは落ちていた
ミンミンミンはいつ消えたのやら
しってるひとは
だれもいやしない
いつだって
夏が落ちるのを
みたひとはいない

カマキリ

こうべをたれたいねの穂《ほ》さきが
風もないのにゆうらりり
だれ　だあれ！

カマキリのだんな
のっぽでしゃれもの
グリーンのジャケットお気にいり
といだかまをしゃりしゃり鳴らして
いっぽいっぽ　ちかづいてくる
いっぽいっぽ　ぼくはあとずさり

かまはしまってくださいな
ごようでしたら
おっしゃってください
こっちはべつに
よんではおりません

クワガタのおきゃくさん

どなた?
クワガタはなにもいわない
どこからきたのさ?
クワガタはなにもいわない
けれども——
「あっちから」
といったのがぼくにはわかる
からだじゅうまっくっクロだから
きみのいえはきっとよるのおくだね
手にのせると
あたまをあげてノコギリをひらいてみせた

おしごとは木こりかい　大工《だいく》かい
それとも家具職人《かぐしょくにん》？
クワガタはなにもいわない
けれども──
クヌギ林をさがしてたのが
ぼくにはわかる
この住宅地《じゅうたくち》ができるまえ
たしかにここにあったという
虫たちのすみか

おとなになったら
ぼくがちいさな森をつくろう
街をでて
しずかな里山をみつけて
ドングリをまくよ

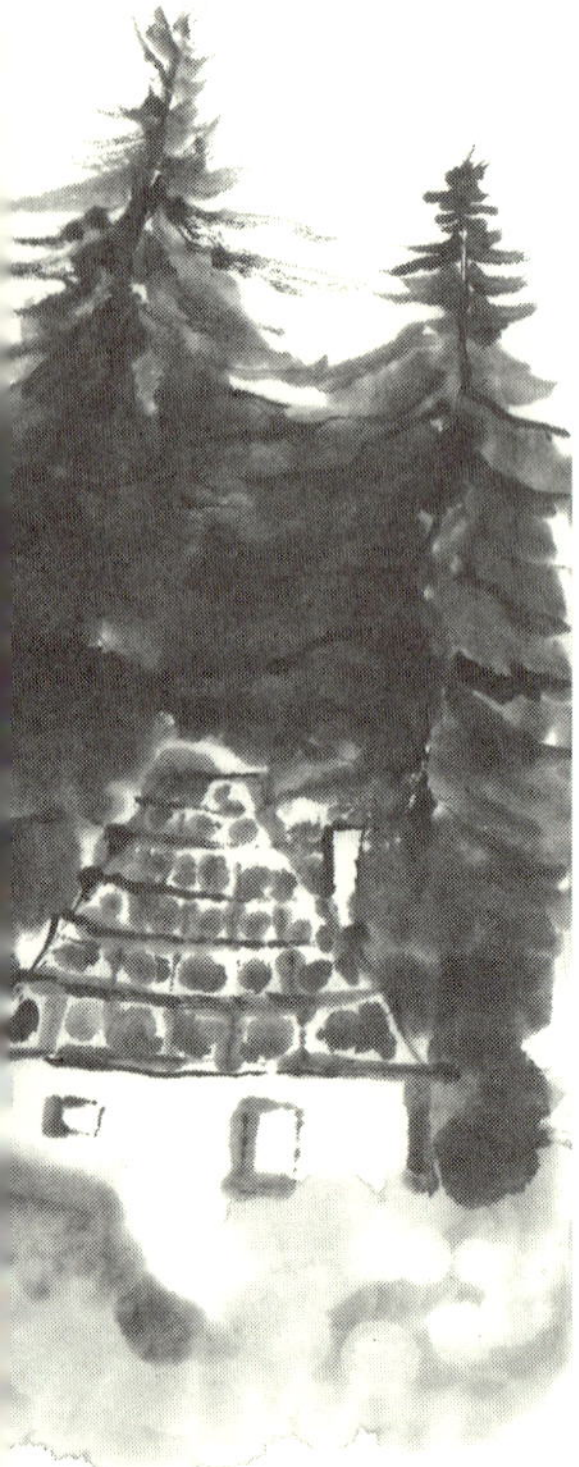

クワガタはいちどふりむいて
よるのいろに溶《と》けた
よるがクワガタ色になった

カミキリムシ

おどろいたぜ
みちのまんなかで
おれをとおせんぼしたやつ
カミキリムシ
こっちをにらんでる
真夏のそらよりもあおくって
ヤマユリよりもはではでしくって
ロボットよりもメカニック
うつくしくっておそろしくって
ぞっとしたぜ
あしがうごかない

こえもでやしない
めをそらすこともできない
よけてとおるなんて
おれにはできない
きみにはかなわない
みちをかえるよ

カタツムリ

みちをよこぎっているきみ
カタツムリよ
きみはのろまだね
はやくわたらないと
太陽がでてひからびちまうぜ
いそがないと
自動車につぶされちまうぜ
さっさっさとしないと
陽がくれちまうぜ
せなかにしょってるカラなんか
じゃまだからすてちまいな

だれがなにをいおうが
きみはだまってみちをゆく
それがきみの精《せい》いっぱいだったね
きみにできることしか
きみにはできないんだった
はやいか　おそいかなんて
きみにとってはどうだっていいことなんだ
いそげっていうのは
ぼくらのつごうで
きみのつごうじゃなかったね
きみはただ
あっちへいきたいんだね
こっちじゃだめなんだよね
わすれてたよ
それがだいじなことだった

だいじなこと

ずいぶんまえのこと
夜あけにみちでひろった星のかけらを
本にはさんだことをわすれてた
いつの夏だったか
それとも春だったか
おもいだせないけれども
この本だったかあの本だったか
おぼえてもいないけれども
とうさんは捨《す》ててこいといったっけ
かあさんはいえがよごれるといったっけ
あの星はどこにいったろうか

ふるい本をひらいていたら
アゲハチョウがとんでった
しらなかったよ
アゲハチョウが星のかけらだって
だれもおしえてくれなかったもの
どうしてこんなだいじなことを
　おとなたちは
　　はなしてくれないんだろうか

かなしき巨人

つきをたたきおとして
こんやも巨人があらわれた
はこのふたをこじあけて
にんげんをおいまわす
のろいのことばをはきちらす
なぎたおされるにんげんは
どこへもいかれやしない
ふるえるからだはこおりつき
あしはコオロギにかじられて
こえをなくしてたちすくむ

ちいさなあのひとが
酒《さけ》をあびておおきくなる
ごはんもみそしるも
ふくもかばんもゆかに散乱《さんらん》する
ガラスがこなごなにくだける
よるははげしくひきさかれて
もとどおりにはもどらない
あさはとおい
とおすぎてみえない
泣いている
みんな泣いている
すすり泣いている
だれもたすけてはくれない
かみさまはネズミといっしょにでていった
巨人はほえるのをやめない
やめられないのだ

はこは巨人にはちいさすぎる
けれども巨人は……
ちいさなはこのなかでしか
おおきくはなれない
だれかをひきずりたおして
あばれないと死んでしまうのだ
そとの世界ではあまりによわすぎて

まどごしの春

春なんてこなければいいのに
きみがいっしょに
いけないのならば
ここでぼくをみおくるなんて
つれないことをいうならば

ウグイスが鳴いたね
じまんだった　にわのさくらは
きのう　ちってしまったよ
じきに　あおばがひらくだろう
あんなにまちわびた春が

病室《びょうしつ》のまえを
だまってとおりすぎてゆくね
春はきみを
つれてゆかないつもりだよ
それでいいのか
ひとりでここにのこるつもりかい

春なんてこなければよかったんだ
ずっと凍《こご》えていたってよかったんだ
時間《とき》をわすれて
いっしょに
かたりあっていられたのならば

かえらないさかなたち

ほんとうかい？
さかながきえてしまったって
あんなにたくさん
およいでいたのに
うろこがまぶしくかがやいてた
眼《め》だまがガラスみたいに
すきとおってた
せびれがかぜのように
ひらめいてた
うつくしいさかなたち
ザトウクジラがひといきにのみこんだ？

氷のさけめにはまったの？
そらにすいあげられてしまったの？
漁師《りょうし》のあみにかかったの？
おおきな船をおいかけてったの？

あのさかなはきみだったんだろ
しってるよ
もうさかなたちがかえってこないことは
きみはひっそりと
わかれを告《つ》げたんだろう
ぼくは気づかないふりをして
ベッドのしたやら窓《まど》のそとに
青や黄のさかなをさがしたね
あかるいひるさがりの病室で

イツカマタ　ドコカデ

サヨナラハ
イイタクナカッタ
サヨナラダケハ
イイタクナカッタ

デモ　サヨナラヲイオウ
キミガ　ユケナイカラ
キミガ　カナシムカラ
キミヲ　ミオクルノガ
ボクラノ　ヤクソクダカラ
ボクノテデ　モヤイヲホドコウ

ボクノテデ　フネヲオシダソウ

サヨナラ
サヨナラ
サヨナラ
イツカマタ　ドコカデ……

やくそく

みずをあげられなくってごめん
あれがさいごのたのみだったんだね
あげたかったんだ
たくさんあげたかった
川ができて
病室が池になるぐらい

みずのこえがするところで
眼をさましたいっていってたね
木々のふところで
ねむりたいっていってたね

いっしょにいえをさがす約束《やくそく》は
まだわすれちゃいない
はれた午後《ごご》はしごとの手をやすめ
ヤマネコをお茶に招待《しょうたい》するんだったね
夜はむしたちのうたをききながら
ひかりのたまをかぞえるんだったね

おそくなってごめん
みずをいっぱいあげる
きみが湖《みずうみ》になるぐらい
ぼくが川になるぐらい
鳥たちが魚になるぐらい
夜が朝になるぐらい

東のそらがあたたまり
ぼくらのうたが

いきをふきかえすまで
雲をまくらに
ねそべっていよう
湖面《こめん》のいろがうつろって
こんどこそ――世界はかわるさ
かぜがきたら
つかまえようか
いつかはなしたあのかぜだよ

無人列車

よるのふところから
ひくくひびいてくる
がん　ががんが
がん　ががんが

時間のレールをすべってゆくのは
いつもの列車《れっしゃ》
午前《ごぜん》0時　いつもどおりあらわれる
いつもの列車
むくちなそらがうす目をあけて
またねいきをたてる

あんなにあった星くずを
ほうきではいたのはだれ
あかあかとひかる月を
たんすにしまったのはだれ
ちぎれてながれる雲を
ぞうきんでふきとったのはだれ

ほたるみたいに点滅《てんめつ》しながら
すぎた時間をさかのぼってゆく
いつもの列車
がん　ががんが
がん　ががんが
豆の木みたいにのびてくレールは
とうにきえた足あと
まどから手をふっているのは
「ごめんね」をいえなかった　あのひとだ

かばんになにいれよう

かばんには
すきなものをいれな
なんでもいいんだ
すきなものをいれるために
かばんはあるんだから
すきなかばんに
すきなものだけ
すきなだけつめな
すきなとき
すきなものをとりだしな
すきなとき

すきなところにもっていきな
すきなものをわすれないために
かばんはあるんだから

「おにぎり」

なんていうんだっけ
「おぎぎり」じゃなかった
「おぎにり」だったよね
あれっ
「おににり」だったっけ
それとも
「おにぎり」だったかなぁ
いやいや
「おじぎり」かもしれないな
あれれっ
やっぱり

「おにぎり」だった気もする
なんでわからなくなっちゃったのかな
さっきまでわかってたはずなのに

さあはじまったぞ　いつものかくれんぼ
かくれたことばがこっちをみてる
さがしてもらいたくってあたまをだしてる
ちょっとだけまっててておくれ
あっついうちに
ごはんをにぎるから
たべてからかんがえるからね
きみはどこへもいかないだろう
たいくつしたらまたでてくるつもりだろ

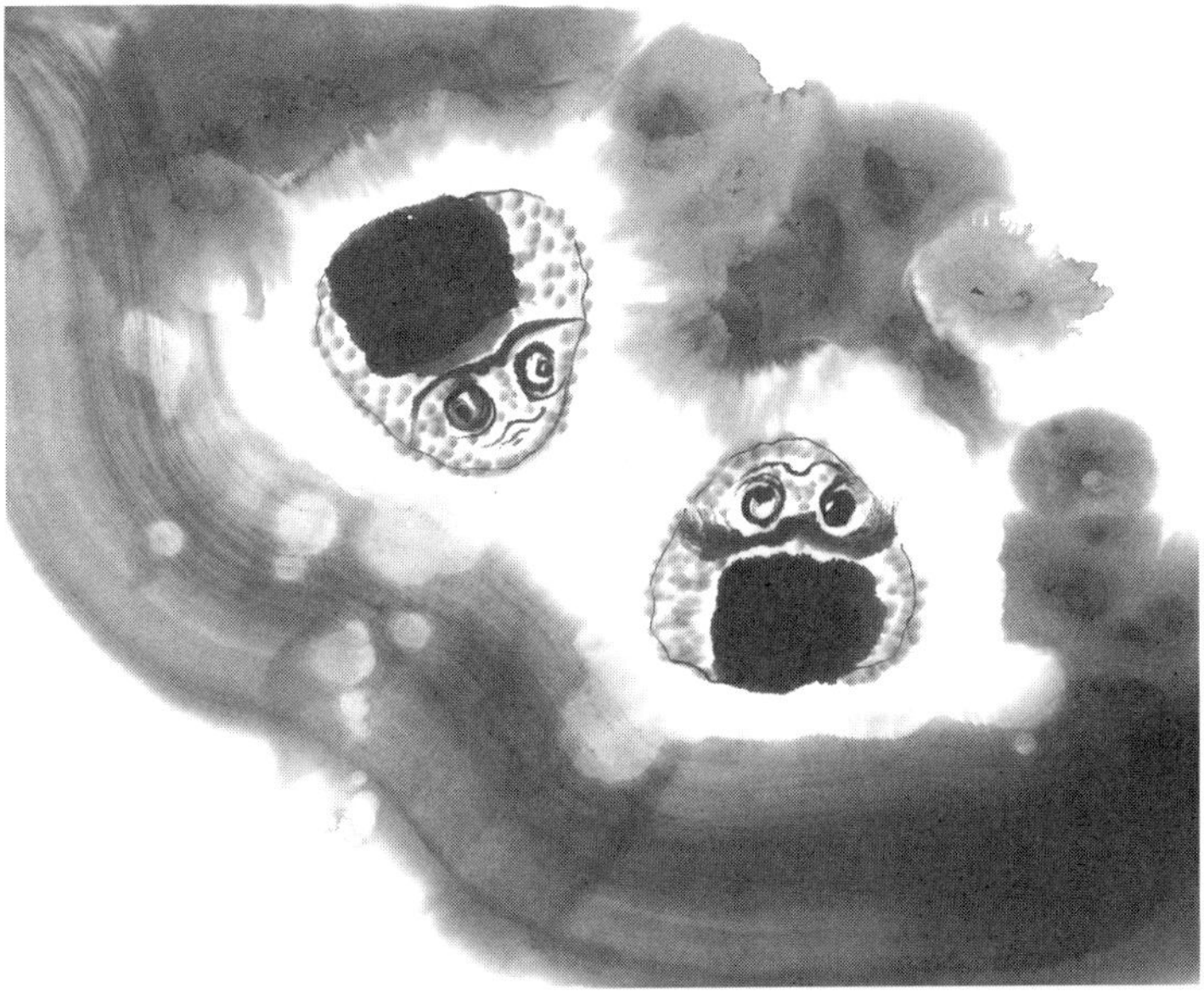

アリありり

あっ
あれあれ
ありりぃ
アリの川
むしのはね　こめつぶ　パン粉《こ》が
よっこよこ　よっこよこと
ながれてく
なんでもはこぶぜ
アリだもの

ありりぃ

いつまでつづく
アリのしごと
どうしてだれも
やすまないのさ
かんかん照《で》りでもへいきかい
ひるごはんはどうするのさ
ひるねはしなくていいのかい

ごしんぱいなく
かぜがつめたくなったら長期休暇《ちょうききゅうか》
アリだもの

おならがでちゃう

かってすぎるのだ
おなかにいるきみ
むっくくとふくらんで
ことわりもなく
とびだしてくる
ぶっ！

さかあがりどころじゃない
かけっこどころじゃない
宿題《しゅくだい》の発表《はっぴょう》どころじゃない
合唱《がっしょう》どころじゃない

おはなしどころじゃない
ばしょをかんがえてくれ
かっこうつかないよ

なんとかいえよ
この疫病神《やくびょうがみ》　悪魔《あくま》　はじしらず
おまえなんかでてゆけ
ぶっぶっ！

あっ　でちゃった

タケノコのこのこ

タケノコのこのこ
どこの子
タケの子
おやまのノコちゃん

タケノコのこのこ
なにする
おすもう
のこのこった

タケノコのこのこ

どうしたの
せのびをしたよ
ののののの──っ

タケノコのこのこ
ついといで？
散歩もいいか
のっそのっそ山をおりよっと

タケノコのこのこ
ここどこだ
トラックでいねむり
のっこっこん

タケノコのこのこ
湯かげんいかが

あったまったよ
のんのんいい湯

タケノコのこのこ
どこいくのって？
くらいからもう帰るのさ
のこのこおやまへ

なにかおきる

みたこともない
でっかいナス
どこからきたのかわからない
きいたこともない
りっぱなナス
どうやって喰《く》うかわからない
さわったこともない
ふしぎなナス
どうしていいかわからない
ぼうしをかぶせて
そとにつれだす

石のうえにおいて
はなしかけてみる
りょうてでだいて
あたためてみる
とりが生まれるかもしれないね
しゃべりだすかもしれないね
あるきだすかもしれないね
ちょっとまて——
はなれて　はなれて
ばくはつするかもしれないね
なにもおきないかもしれないね
なにかがおきたらおもしろいね

なつの魔法

どうしちゃったんだ
きのうあんなにとったのに
きょうもトマトがうれている
あさもよるもサラダにしたのに
またまたキュウリがたべごろだ
ふしぎだな
やまほど天ぷらをつくったのに
けさもナスはすずなりだ
ざるいっぱいにつんだはずなのに
シソがこんもりとしげっている
びんいっぱいのパスタソースになったのに

バジルはきょうも芽《め》をひろげる
なくならない　どんどんふえる
つんでもつんでも
たべてもたべても
きみたちはキッチンにやってくる
はたけでなにがおきているのだ
いったいだれのしわざだろう
やさいたちは
なつの魔法《まほう》にかかったらしい
かきの木のカラスがそういうんだ
魔法のときかたはだれもしらない
あきになるまで魔法はとけないとさ

バクがきた

ばくばく　ばくばく
くっている
ぼくのはたけにバクがいる
ねているあいだに
バクはやってくる
つちをふみあらして
ばっく　ばっく
あまいニンジンも
ほろにがいホウレンソウも
ぷんとにおうニラも
かわいいラディッシュもたいらげて

おおあくびをひとつ
うとうと　うとうと
よこになった
バクはまんぷく　ゆめをみる
とうとうとねむる

おこらない　おこらない
またたねをまけばいい
かなしまない　かなしまない
なんどでもたがやせばいい
あわてない　あわてない
そのうちに芽がでるから
バクよ　またおいで
いくらでもわけてあげる

いわしぐも

にしのそらがもえて
いわしが焼けてらぁ
うまそうないわしが
あぶらをしたたらせて
あんなにならんでらぁ
そろそろかえろう
しろいごはんがまってるいえへ
はらがへったと
ちからいっぱいさけんじゃおう
ほーい
ほーい

夕飯はなんだろう
かけあしでもどるからね

レバニラのうた

まなつの太陽《たいよう》がね
おいらをひどく炒《い》ったのさ
あさからばんまで
中華鍋《ちゅうかなべ》の野菜《やさい》みたいにおどったよ
じっとしてたら
焦《こ》げちゃうからね
おかしいかなしい
鍋ぞこキッチン

レバニラじゃんじゃんじゃん！
ころがれレバー

はじけよモヤシ
ほえよネギ
とんがれニラよ
しお　こしょう　オイスターソース
ヤツらがわらわらまわりだす
直径《ちょっけい》二十五センチの太陽系《たいようけい》

鍋をふろう
火の神がわらいだすまで
あおれやあおれ
火をふけ　レバニラららら
あしたなんかどうにでもなれ
あしたなんかどうにかなるだろ
レバニラじゃんじゃんじゃんじゃん！

炎のめし

あっついあぶらが
呪文《じゅもん》をとなえりゃ
なべがまわり
ゆげがもうもうふきあがる
めしつぶが
ばらんばらんに
はねくるう
タマゴとネギがまいおどる

あぶらンらん
らんらんあぶら

うたっておくれ
わたしのチャーハン
はじけておくれ
ドッカンと
はなひらけ
炎《ほのお》のめし

あぶらンらん
らんらんあぶら

あぶらがうなる
銅鑼《どら》がなる
はらもなる
よういはいいかい
炎のめしが呼んでいる

うどん屋

どんどんうどん
はらがどんどこなりだした
うどん屋どこだ
あるけやどんどん
あののれんまで

おっちゃんの
ぶっちょうづら
いかりがお
おつかれがお
くらいかお

おとぼけがお
そのまんまで
おはいんなさい
ぶっかけ
かまあげ
てんぷら
かけ
カレー
たぬき
すましてないで
どどんといっぱいめしあがれ

真夏の昼さがりは
汗かきかき
真冬の夜は
せなかをまるめて

お行儀《ぎょうぎ》なんか気になさるな
どんどんどうぞ
かきこみなよ
うどんどん

めざましどけい

めざましどけいははやおきで
ぼくよりはやくめをさます
ねぼうなんかしたことがない
チック チック チック
おきようぜ　おきようぜ
たのまれれば
なんじにだっておきてみせます

めざましどけいははたらきもの
ねているあいだもうごいてる
つかれたよっていったことがない

チック　チック　チック
じかんだぜ　じかんだぜ
たのまれれば
だれだっておこしてみせます

カスタネット

みせてあげるね
そらいろのカスタネット
あのひとがくれたこえ
たたいてみせるよ
タンタタン
タンタタン
よくひびくだろう
はずんでる
よろこんでる
タッタタタ
タッタタタ

よくわらうだろう
おどってごらん
ステップふんで
トントットット
トントット
ポケットにいつも
そらいろのカスタネット
リズムをつれてあるいてる
リズムがいつもついてくる
ほらね　ポケットからそらがでてきた

石ころのブルース

けっとばされてコロコロ
ほうられてコロコロ
がけをゴロゴロ
川底《かわぞこ》をゴロゴロ
なされるがまま
ころがってゆく
おいら石ころ
お日さまに灼《や》かれ
雨にうたれ
ふまれたって
なされるがまま

石ころコロコロ
コロコロ石ころ
おいら石ころ
どこにでもある石ころ
苔《こけ》むしても石ころ
埋《うず》もれたって石ころ
なされるがまま
石ころは石ころ

おんぼろバス

バスがはねる
ぼくがはねる
でこぼこのわだち
みちなきみちを
ポンコツがかける
はてのない草はらに
陽がおちて
おおきすぎる空に
月がうかび
かなたの地平から
陽がのぼる

ひとをのせて
ひとをおろし
ボンネットバスがはしる
きょうもバスがでる
むらからむらへ
まちからまちへ
きょうもバスにのる
にしへ　にしへ
バスからバスへ
たにをこえ
台地にのりあげ
アルタイをすぎ
きょうもバスはゆく
とおくへとおくへ
あしたへあしたへ
おんぼろバスにのる

はたらく

はたらくことはよごれること
ちりとどろにまみえるのだもの
ののしられてあたまをおさえつけられて
あかじみてゆく
はたらくことは清《きよ》められること
したたる汗がちりをながし
からだをうつ雨が
どろをおとしてくれるのだもの

すすけて
さびついて

くたびれて
すりきれて
ボロになる
はたらくことは
ボロになること
やがては
うちすてられること
ボロのからだは
土にかえって
ほんとうのねむりにつくのさ

こんなとき

いそがしいのだ
こんなときに
詩なんか読んでられるか

ちこくするよ
こんなときに
口ぶえなんかふいてられるか

かせがなきゃ
こんなときに
絵なんか描《か》いてられるか

いい話があるんだって
こんなときに
種なんかまいてられるか

行進《こうしん》がはじまるって
こんなときに
スープなんかつくってられるか

どこかで言いあらそいがおきている
だれかが銃《じゅう》に弾《たま》をこめた
原子炉《げんしろ》で核分裂《かくぶんれつ》がはじまった
大地がぐらぐらゆれている
コインが右から左に動いている
森のいずみが柵《さく》でかこわれた
オリーブの木がなぎたおされた

みんながいっしんに金勘定《かねかんじょう》をしている
おとなたちがおなじ祝詞《のりと》をとなえだした
人々がきそってリンゴの実をもいでいる
満員《まんいん》のバスが動こうとしている
いそげ
いそげ
おくれるな

聞こえないか?
こんなときも
大時計のはりはうごいてる
こんなときも
はらのむしはなりだすはずさ
こんなときも
ここにいないきみは
どこかで雲とはなしてる

りんごのたね

にし風ふいて　りんご 落っこちた
しりもちついてころがった
くさって種だけがのこった
はらぺこのトリに　りんご つつかれた
きれいにたべられちゃった
ふんになっても種だけがのこった
おかしづくり　りんご パイになった
こんがりやかれてあまくなった
ゴミバケツに種だけがのこった
きのぼりこぐまに　りんご もがれた
ひとかみでくだかれほうられた

くさにうもれて種だけがのこった
こゆきがおどり　りんごはえだにひとつもない
ひゅるるるる　るるるるぅ
そらと土のあいだに種だけがのこった

もうすぐ夕ぐれ

もりをぬけて
やまからヒツジたちがおりてきた
おだやかなあしおとが
谷すじから尾根につたわる
くさはらは
かしいだ陽ざしの海だ
みなみしゃめんに
くろぐろと影がのびる
たきぎをせおったひつじ飼いのおとこが
こかげにすわりこむ
目をほそめて川のながれをみおろす

タバコに火をつけてながながといきをはく
皮のかばんからふるびた詩集
群れがわらわらとばらける
はなしてきかせるようなことも
こころにしまっておくようなことも
なにもおこりはしなかった
いつもどおりにいそがしく
いつもどおりにくたびれた
いつもとかわらない一日のおわりに
いつもどおり一篇《いっぺん》の詩をよむ
じきにいつもどおり かぜがすずしくなるだろう
あくびがひとつ
はらがへってきた
村はすぐそこ もうすぐ夕ぐれ
家々のかまどに火がはいるころ

ネコのさんぽ

とらネコのさんぽ
シマもようのジャケット着てさ
のんびりゆくよ

あしおとなんかさせないよ
かっこうわるいもの

人間はつれてあるかない
うっとうしいもの

道なりにはあるかないよ

おもしろくないもの

時間どおりにもでかけないよ
わずらわしいもの

むねをはって　しっぽをゆらし
くさむらをすりぬける

すずしいかおで
やねもへいもとびこえる

エレガントだね
ダンディーだね

ひかる眼

よるの底にくいこんだ
こがねいろのたま
やみを射《い》ぬく
ひかりのつぶ六つ

あしをとめて
じっとみてごらん
影《かげ》はいよいよふかくしずんで
こがねのひかりはいよいよ透《す》きとおる
いのちが脈《みゃく》をうっている
くろねこのおやこ三びき

くさむらのあるじ

自動車のはしゃぎ声
列車のひとりごと
アスファルトをたたく靴《くつ》のおしゃべり
いきをしずめて
みみをたててごらん
よかぜにのって
たしかな鼓動《こどう》がきこえるだろう
ひくくはねる　いのちのおと
くろねこのおやこ二ひき
やみのあるじ

しらない子

しらない子
ずっとそこにいる
こっちをみてる
見たこともない子
だまっているだけ
いつからいるのかわからない
どこから来たのかわからない
なにをしたいのかわからない
ふるえてる
さむそうに
そらを見てる

さみしそうに

あの子はわたし
わたしはあの子
こっちへおいでよ
そっちへいくね
ごめんね
ひとりにさせて
ごめんね
おきざりにして
ごめんね
だきしめてあげられなくって
しらない子
わたしがわすれた
いつかのわたし

まちのサンタクロース

サンタクロース　ふるえてる
トナカイ　とうとうすわりこむ
そりは　いたんでガタガタだ
蛍光灯《けいこうとう》　しらじらあかるい
コンビニのまえ
雪もなく火の気もないビルの底
おおきなふくろはからっぽっぽ
てぶくろはおとしちゃった
ポケットにはコインもない
配達のアルバイトもやとえない
そりには手紙のやま

「あれがほしいの」
「これをください」
「かならずきてね」
「サンタさんだいすき」

テーブルには
たくさんのごちそう
だれもが神の子
だれもがよい子の聖なる夜
はらぺこトナカイ　うごけない
サンタクロース　ためいきひとつ
よぞらの十字架　雲のなか

鬼がでた

鬼《おに》がでた？
ナタをもて
カマをとげ
銃をかつげ

鬼がなにした？
鬼は鬼だろう
にんげんじゃない
おれたちとちがう
鬼をさがせ
あぶりだせ

ひとつになろう
狩りがはじまる
もりあがるんだ
へいわをまもれ
つかまえろ
ひきまわせ
つるしあげろ

鬼がいない?
そんなはずはない
にくしみ
ねたみ
うらぎりで
街はただれてる
まずしさにひとが喰われてるんだ
みずがれ

やまかじ
むしくいで
森はやせほそっているんだろう
空から毒がふってくるんだ

鬼なんか
いなければいい
おいだせばいい
鬼はどこだ
鬼はいないか
鬼をだせ
鬼はだれだ
鬼はきみか

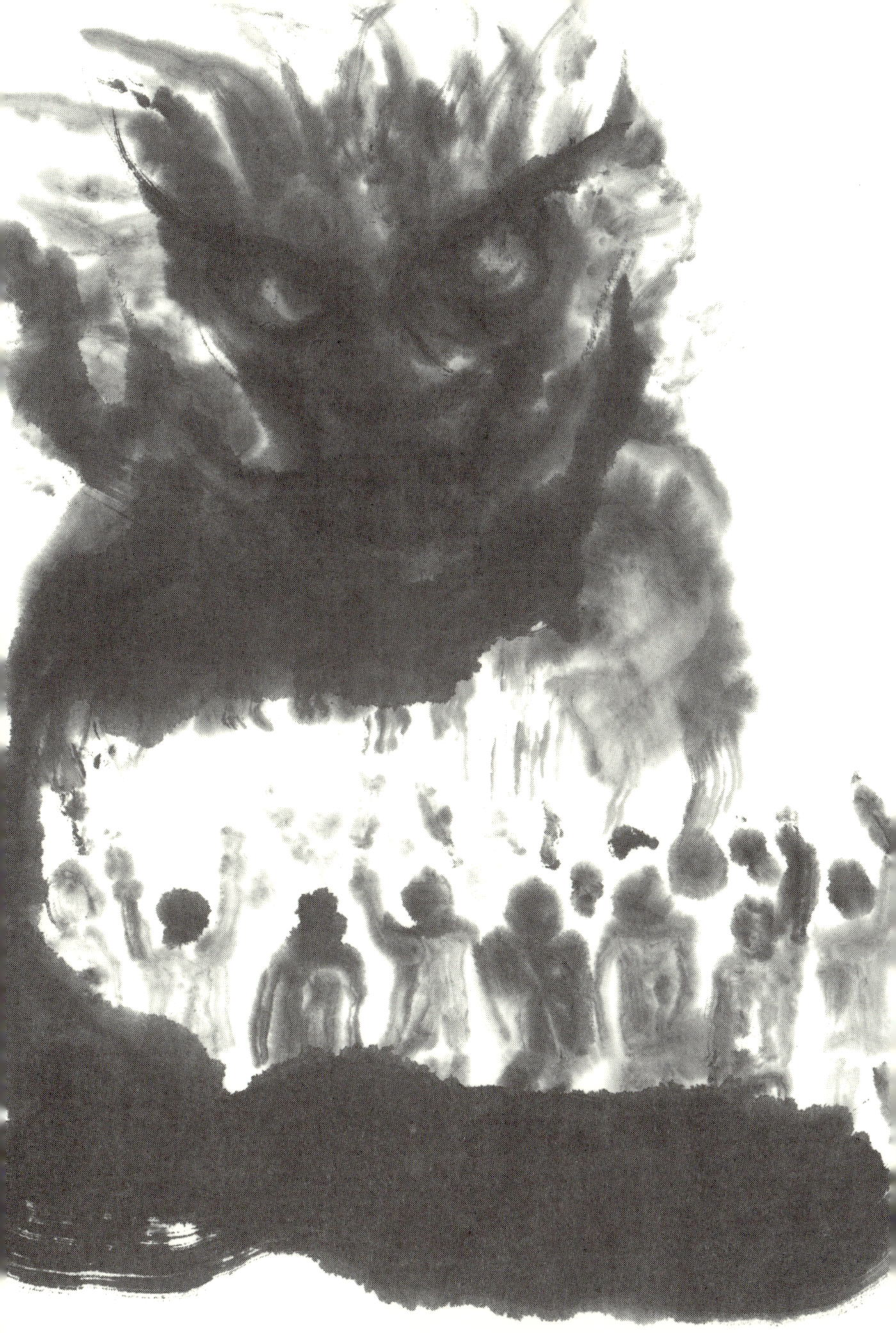

はりがね

はりがね一本ありました
まっすぐではない
うねってる
うごかない
しゃべらない
つかいみちがない

これでいい
こうでなくちゃいけない
いっさいははりがねの意志

はりがね一本そこにいます

みち

まがってるって――
まっすぐのつもり
まっすぐじゃないって――
まがってないつもり
あるけるかって――
あるけるかもね
でこぼこだろうって――
でこぼこかもね
とぎれてないかって――
とぎれてるかもね
ひきかえすのかって――

とりあえずいってみる
みちがある
みちがみえる
みちをゆく
みちができる

とおいまち

ふりかえってもみえない
とぎれた道のずっとさき
雲がとりまく山のむこう
とおいまちに
ぼくはなにかを
おいてきてしまった
とってもだいじななにかを

とおいまちには
もうかえれないことを
ぼくはしっている

とおいまちが
毎日すこしずつ
とおざかっていくのも
ぼくはしっている
わすれたものを
にどと手にできないことも
ぼくはしっている
とおいまちにいるときは
それがわからなかったのだけど

あしぶみ

そらがあまりにあおすぎて
足さきがこおってしまう
からだが冷気にうもれてしまう
かたまったこえはとけそうにない
あしぶみだ
あしぶみだ
だんだんだんだん
しもばしらをふみつぶせ
どっこどっこどっこ
とことんふみたおせ
軒《のき》のつるぎをぶっこわせ

道のかがみをたたきわれ
雪のたまをほうりなげろ
そらがあまりにあおすぎるから
北風と手をつなごう
あしぶみだ　あしぶみだ

さいごのいのり

いったい
　なにをいのるんだい
　だれにいのるんだい

太陽はとっくに
　のぼってしまったよ
月はとうとう
　おりてこなかったね
星はどこかに
　ながされちまった
雲はすっかり

　焼けおちたんだ
風はよあけから
　　ゆくえしれず
もうきみはもどってこない

ひろばの鐘は
ガラガラとなりっぱなしだ
大地はカラカラにかわいて
血がしたたり落ちるのをまっている

いったい
どこに向かえばいいい
ここらは廃墟《はいきょ》
あっちは荒野《あれの》
そっちは砂漠《さばく》
精霊《せいれい》たちはとうとう森をすててしまった

ぼくもなにかをすてなくちゃ
すてちゃいけないものをすてなくちゃ
あぁコートをぬいでしまおう
あぁ時計をなげてしまえ
ここに小石をたかくつんで
さいごのいのりをおいていこう

かぜがふけばいいのに

かぜがふけばいいのに
いつもおもっていたっけ

かぜはふかなかった
ずっとまっていたけど

かぜはふくんだろうか
いまもみみをすませている

かぜはいつかふくだろう
もうまにあわないだろうが

かぜがふいてもふかなくても
あすも手紙をかくだろう

ユキヒョウのやま

ユキヒョウがいる　あのやまに
老人がゆびをさす　あのやまを

ユキヒョウが——
どこにいるのかはだれもしらない
すがたをみたものは
こおって雪のこなになってしまったから
雪のこなは
冬のよるだけ里にもどってくる
こえもなくそらを舞《ま》う

ユキヒョウはこおりをふみしめ
ふかい谷をみおろしている
雪のみねをおりることはない
神さまがいない里へはいったとき
ユキヒョウはとけてしまう

老人は酒《さけ》をささげる　あのやまに
ユキヒョウがいる　あのやまに

ものがたり

ものがたりがあるいている
ひとりであるいている
いきなりむきをかえるし
かってにやすんでねてしまう
なにをしたいというんだろう
どこにむかっているんだろうか
ものがたりはね
じぶんでもゆきさきがわからないんだ
ものがたりはね
だれにもしたがわないんだ
あるきたいとき

あるきたいだけあるくだけ
つかれたら
あるくのをやめるだけ
ものがたりはね
かんがえこんだりしないんだ
たちどまってそらをみあげたら
そこが終点なんだ
ものがたりには
ものがたりの方位磁石《ほういじしゃく》がある
にんげんにはみえない
ものがたりをものがたるひとは
ものがたりのこえをきいているだけさ
だから　おもしろいんだろう
だから　おそろしいんだろう
だから……ものがたりなんだ

ハトと雪

こんなまなつに
ひとひらの雪が……
とおもったらハトだった
雪とハト
そらの花びら

こんなよふけに
いちわのハトが……
とおもったら雪だった
ハトと雪
そらのためいき

ハトは――
はばたきながらとけてゆく
ゆきは――
まいおちながらツバサを手にする

わたしはいのる
いつか
ハトになれますように
雪になれますように
すがたをなくして
そらとひとつになれますように

きみは
雪にも
ハトにも

なれないが
雪も
ハトも
きみにちがいない
かみさまが　そうおしえてくれた

こまむら　きちえ

1968年、長野県生まれ。文筆家。1997年から１年半モンゴルのウランバートルに暮らす。帰国後から執筆活動にはいる。

2003年『ダッカへ帰る日』で第１回開高健ノンフィクション賞優秀賞を受賞、2007年『煙る鯨影』で第14回小学館ノンフィクション大賞を受賞。ほかの著書に『君は隅田川に消えたのか』、『山靴の画文ヤ　辻まことのこと』などがある。詩作は、執筆活動のはるか以前から。2013年春に友人を見送ってから、詩をまとめはじめる。

おぎにり

2018年 4 月19日初版印刷
2018年 5 月 2 日初版発行

著者　駒村吉重
発行者　飯島徹
発行所　未知谷
東京都千代田区神田猿楽町2丁目5-9　〒101-0064
Tel. 03-5281-3751 / Fax. 03-5281-3752
［振替］　00130-4-653627
組版　柏木薫
印刷所　ディグ
製本所　難波製本

Publisher Michitani Co. Ltd., Tokyo
Printed in Japan
ISBN978-4-89642-549-9　C8092